LE PATER

EXEMPLAIRE OFFERT

À

B. N.

LE PATER

COMMENTAIRE ET COMPOSITIONS

DE

A. M. MUCHA

F. CHAMPENOIS
IMPRIMEUR-ÉDITEUR
66, Bᵈ S.-MICHEL, PARIS

H. PIAZZA & Cⁱᴱ
« L'ÉDITION D'ART »
4, RUE JACOB, PARIS

A MON EXCELLENT AMI

HENRI PIAZZA

BIEN AFFECTUEUSEMENT JE DÉDIE « LE PATER »

A.-M. MUCHA

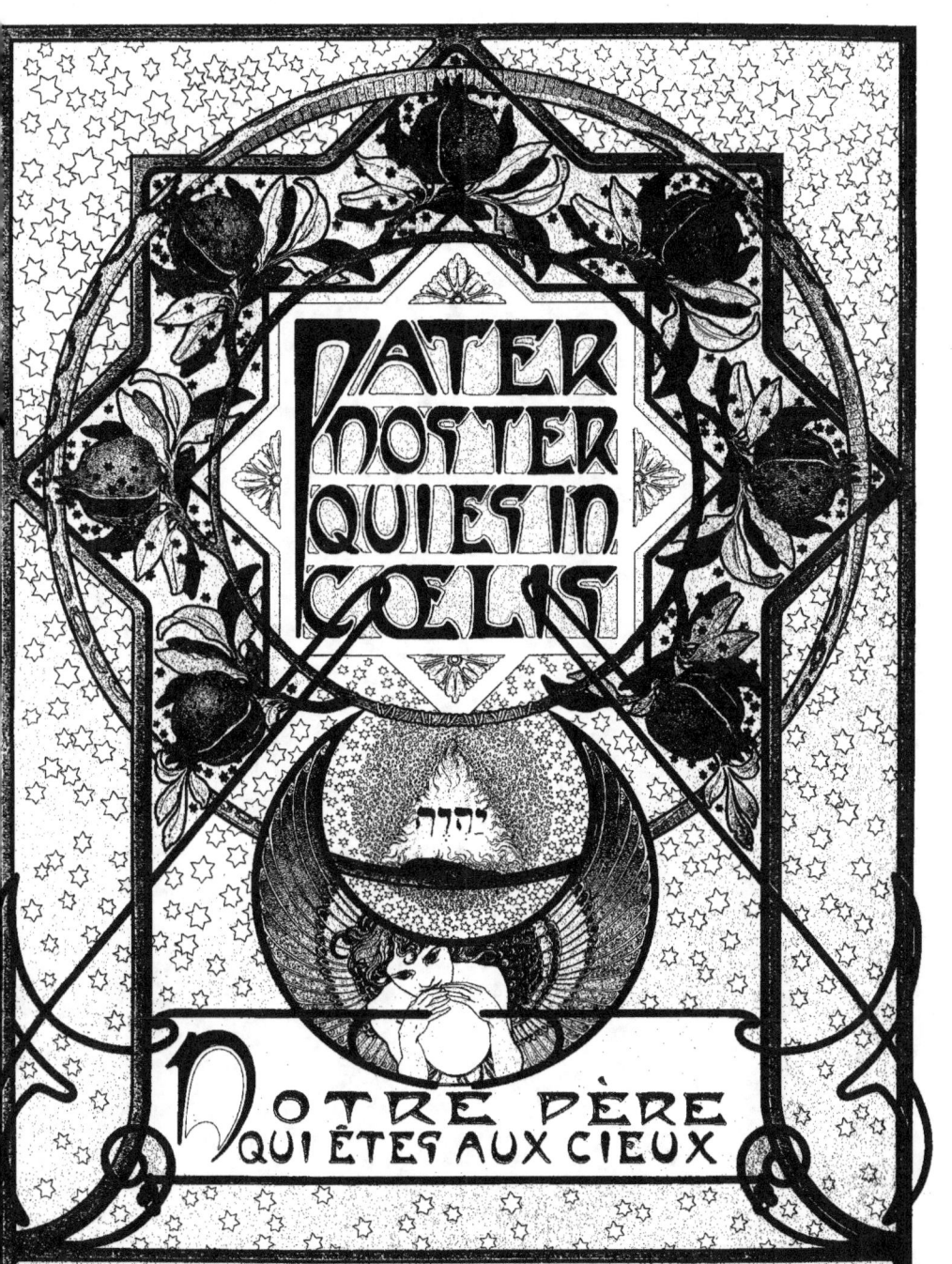

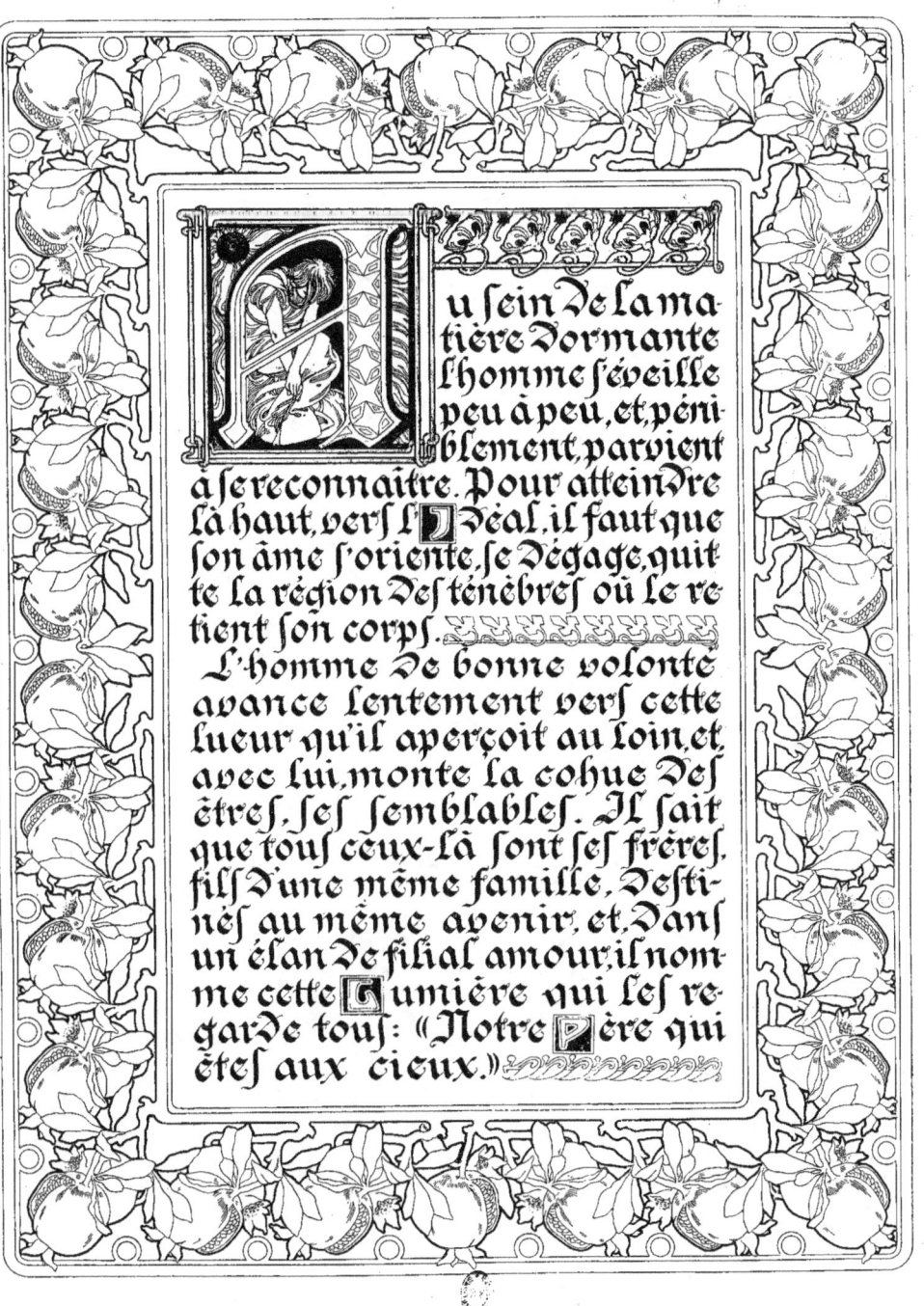

Au sein de la matière dormante l'homme s'éveille peu à peu, et, péniblement, parvient à se reconnaître. Pour atteindre là haut, vers l'Idéal, il faut que son âme s'oriente, se dégage, quitte la région des ténèbres où le retient son corps.

L'homme de bonne volonté avance lentement vers cette lueur qu'il aperçoit au loin, et avec lui, monte la cohue des êtres, ses semblables. Il sait que tous ceux-là sont ses frères, fils d'une même famille, destinés au même avenir, et, dans un élan de filial amour, il nomme cette Lumière qui les regarde tous: «Notre Père qui êtes aux cieux.»

SANCTI
FICETUR
NOMEN
TUUM

QUE VOTRE NOM
SOIT SANCTIFIE

Sorti du gouffre de la terre, et arrivé en face de cette Lumière qui est la Divinité, l'homme veut offrir à Dieu le meilleur de ce qu'il possède; et il fait monter avec la fumée du sacrifice qu'il Lui adresse, ses sentiments d'adoration et de glorification.

Toutes les multitudes prosternées ajoutent au feu matériel qui monte, la flamme intérieure qui se dégage de leurs cœurs inconscients.

Ce premier pas vers l'éveil de la lucidité, la Divinité le contemple dans le recueillement d'une compassion bienveillante.

ADVENIAT REGNUM TUUM

QUE VOTRE RÈGNE ARRIVE

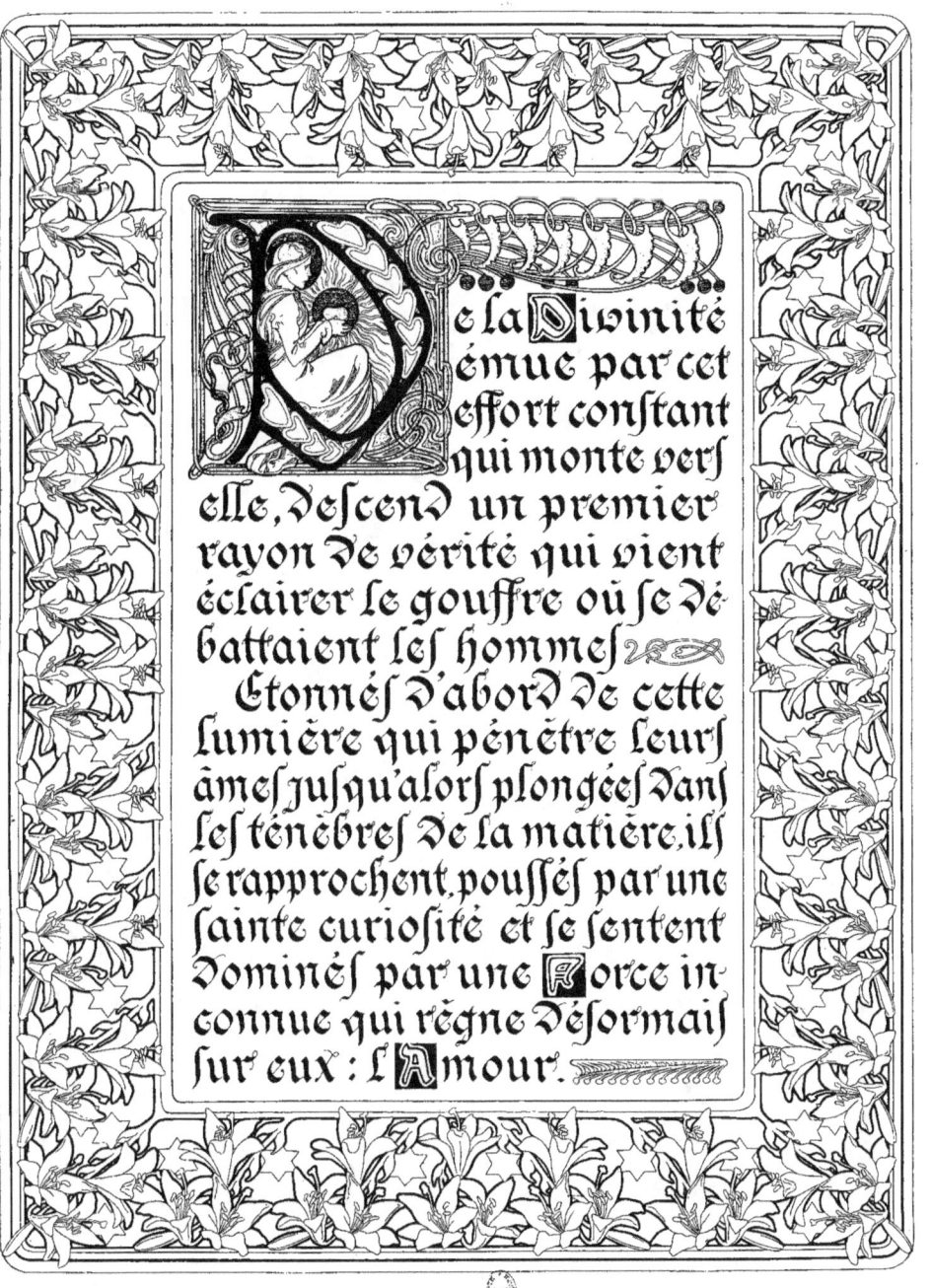

De la Divinité
émue par cet
effort conſtant
qui monte vers
elle, deſcend un premier
rayon de vérité qui vient
éclairer le gouffre où ſe dé-
battaient les hommes.

Étonnés d'abord de cette
lumière qui pénètre leurs
âmes juſqu'alors plongées dans
les ténèbres de la matière, ils
ſe rapprochent, pouſſés par une
ſainte curioſité et ſe ſentent
dominés par une Force in-
connue qui règne déſormais
ſur eux : L'Amour.

FIAT VOLUNTAS TUA SICUT IN CŒLO ET IN TERRA

QUE VOTRE VOLONTÉ SOIT FAITE SUR LA TERRE COMME AU CIEL

onnaissant
maintenant
son **P**ère Di-
vin et l'amour
qui l'unit à lui, l'homme
apprend à avoir confian-
ce dans la **P**uissance
bienveillante qui régit
son destin.

En un complet abandon
de lui même il accepte de
Dieu le bien et le mal
avec une égale résigna-
tion, sachant d'avance que
tous les événements de
sa vie sont réglés par la
sagesse d'une **V**olonté
supérieure.

PANEM
NOSTRUM
QUOTIDIA
NUM DA NO
BIS HODIE

DONNEZ ... NOUS
AUJOURD'HUI NOTRE
PAIN QUOTIDIEN

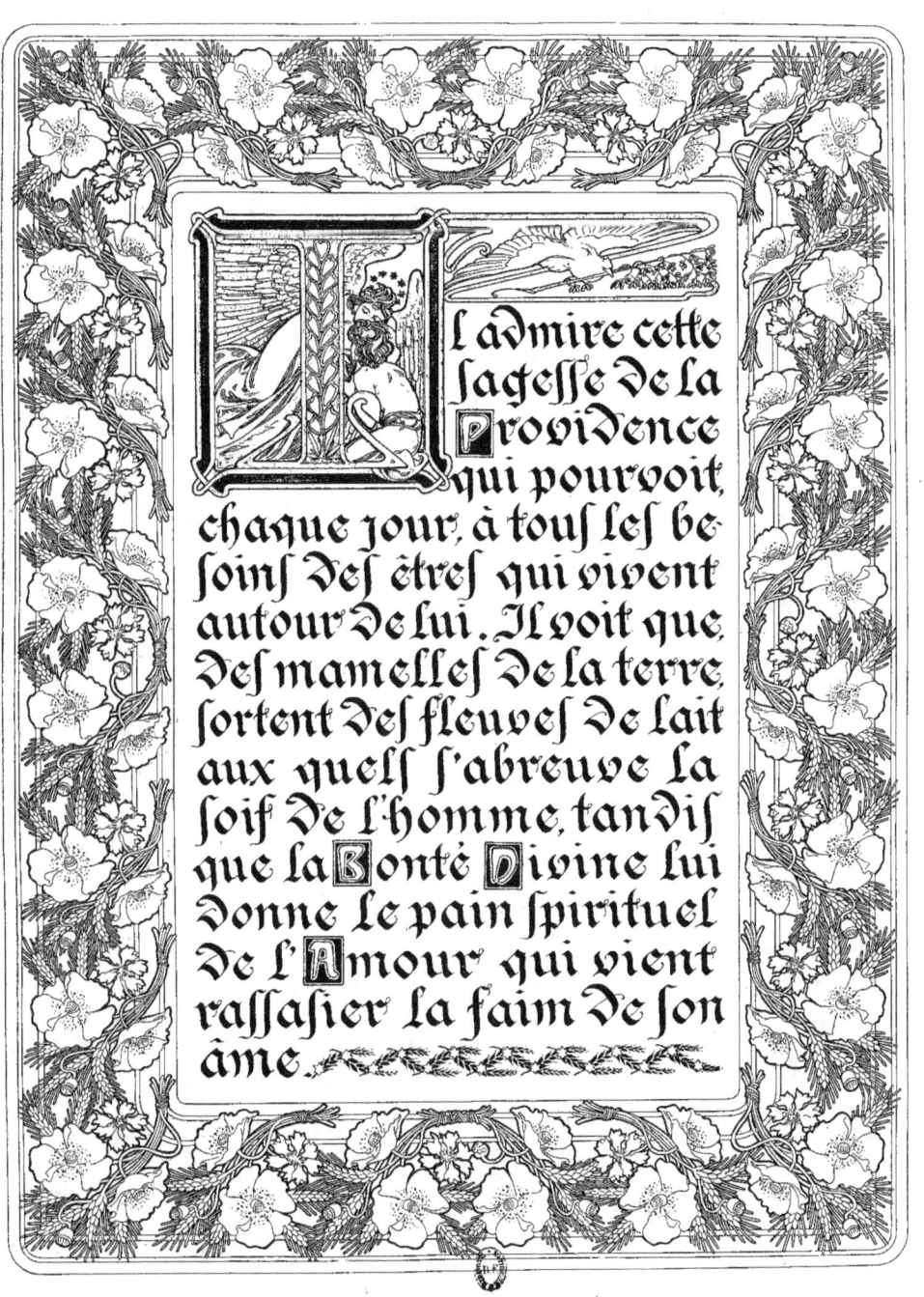

Il admire cette sagesse de la Providence qui pourvoit, chaque jour, à tous les besoins des êtres qui vivent autour de lui. Il voit que des mamelles de la terre sortent des fleuves de lait aux quels s'abreuve la soif de l'homme, tandis que la Bonté Divine lui donne le pain spirituel de l'Amour qui vient rassasier la faim de son âme.

DIMITTE NOBIS DEBITA NOSTRA SICUT ET NOS DIMITTIMUS DEBITORIBUS NOSTRIS

PARDONNEZ-NOUS NOS OFFENSES COMME NOUS PARDONNONS A CEUX QUI NOUS ONT OFFENSÉS

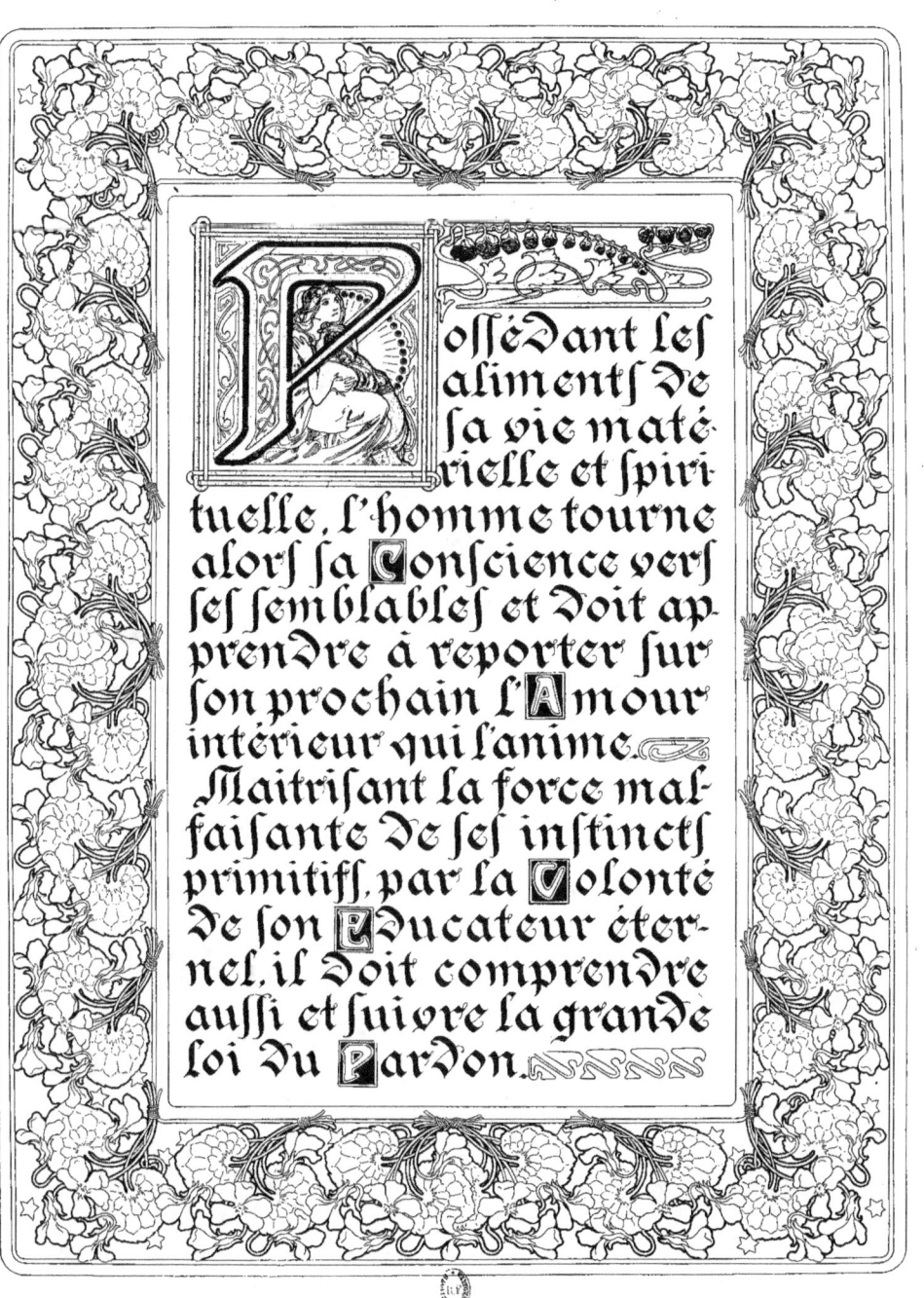

Possédant les aliments de sa vie matérielle et spirituelle, l'homme tourne alors sa Conscience vers ses semblables et doit apprendre à reporter sur son prochain l'Amour intérieur qui l'anime. Maitrisant la force malfaisante de ses instincts primitifs, par la Volonté de son Éducateur éternel, il doit comprendre aussi et suivre la grande loi du Pardon.

En conscience absolue De lui-même, maintenant l'homme s'avance, Dans le rayon De clarté entrevue, vers l'Idéal, Foyer lumineux qui l'attire.

Sa volonté, aidée et Dirigée par la sollicitude De son Guide Divin, traverse les embûches Des Démons malfaisants; et il arrive enfin, purifié De la matière, et libre, face à face avec l'Etre Suprême qui l'a éveillé à la vie.

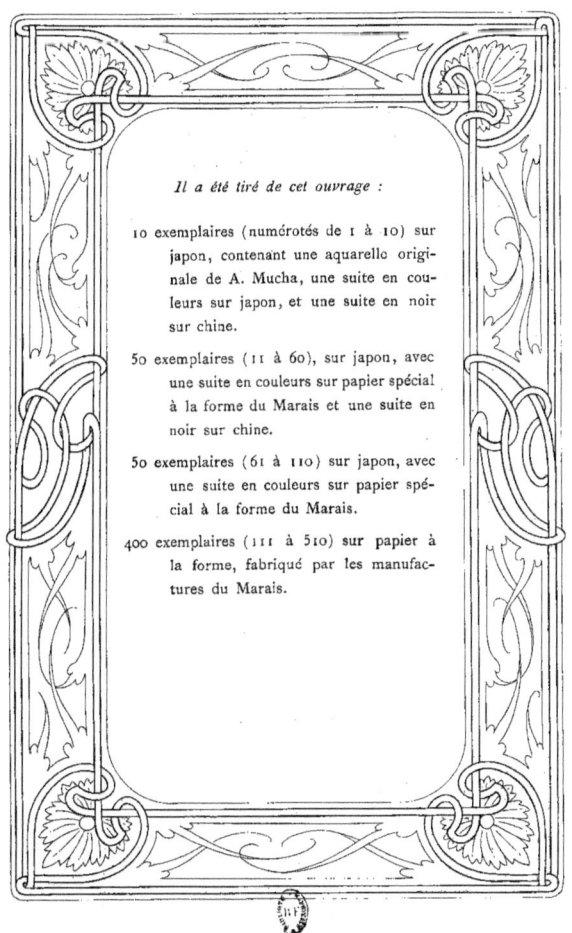

Il a été tiré de cet ouvrage :

10 exemplaires (numérotés de 1 à 10) sur japon, contenant une aquarelle originale de A. Mucha, une suite en couleurs sur japon, et une suite en noir sur chine.

50 exemplaires (11 à 60), sur japon, avec une suite en couleurs sur papier spécial à la forme du Marais et une suite en noir sur chine.

50 exemplaires (61 à 110) sur japon, avec une suite en couleurs sur papier spécial à la forme du Marais.

400 exemplaires (111 à 510) sur papier à la forme, fabriqué par les manufactures du Marais.

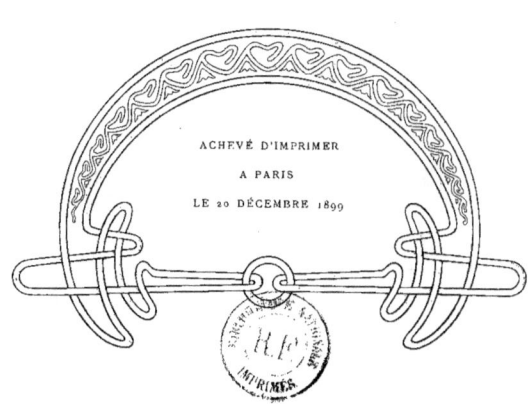

ACHEVÉ D'IMPRIMER

A PARIS

LE 20 DÉCEMBRE 1899